folio benjamin

Paris, janvier 1990

Cher lecteur,

Permets-moi de me présenter. Je suis « Stevie » celui qui a reçu cette lettre et pour qui, il y a plus de cinquante ans, son « Nonno » – grand-père en italien – a écrit cette belle histoire. À l'époque, j'avais quatre ans. Aujourd'hui, avec ma barbe et mes cheveux gris, je pourrais être le grand-père des enfants qui liront cette histoire.

Cela se passe dans une petite ville au bord du plus long fleuve de France. Tu verras comment, en une seule nuit, un pont fut construit enjambant le fleuve ; l'étrange marché conclu entre un maire imbu de lui-même, mais très futé, avec une drôle de façon de dormir, et un diable plutôt inoffensif qui, non seulement lit tout le temps les journaux mais se montre bon et bienveillant envers les animaux.

Nonno était un écrivain célèbre. Beaucoup de gens trouvaient alors, et beaucoup estiment encore aujourd'hui, que ce qu'il écrivait était compliqué et difficile à comprendre. Cependant, il a pris le temps de s'asseoir et de me conter cette merveilleuse histoire dans une langue très simple, très directe, un langage facile à comprendre pour un enfant de quatre ans. Nonno s'était même donné la peine de trouver du papier à lettres spécial sur lequel il a écrit cette histoire. L'original, qui a miraculeusement survécu intact pendant toutes ces années, est mon bien le plus précieux.

Il y a des choses bizarres dans cette histoire du pont sur la Loire. Par exemple, pourquoi faut-il que le maire d'une ville française ait un nom irlandais, en fait le nom d'un des maires de Dublin ? Pourquoi le diable, quand il est très en colère, parle-t-il un très mauvais français avec un fort accent de Dublin ?

Les réponses à ces questions, tu les découvriras quand tu seras plus grand en lisant *Gens de Dublin, Portrait de l'Artiste en Jeune Homme* et *Ulysse.* Ces livres, qui ont rendu Nonno célèbre, parlent tous de Dublin, aujourd'hui capitale de l'Irlande. Nonno est né et a grandi à Dublin. Bien qu'il ait beaucoup aimé l'Irlande, il était en désaccord profond avec les autorités de l'Église et de l'État. Il quitta son pays à l'âge de vingt-deux ans et en trente-sept ans n'y retourna que trois fois pour de très brefs séjours. Lui et Nonna, ma grand-mère, étaient des exilés.

Je suis sûr que, comme moi, tu aimeras cette histoire et que tu la reliras souvent. Tu peux visiter Beaugency, voir le beau et solide pont qui enjambe la Loire, et rêver…

Plus tard, quand tu seras grand, tu te rappelleras ton ami James Joyce qui t'a raconté cette histoire et tu liras ses autres livres, du moins je l'espère.

Bien amicalement.
STEPHEN J. JOYCE

P.-S. : Nonno m'a raconté d'autres histoires, surtout pendant la dernière année de sa vie. Le matin, je m'asseyais à côté de son lit et il me contait les voyages, les épreuves et les aventures d'Ulysse, héros de la Grèce antique ; cela toujours dans le langage simple et direct de l'enfant de huit ans que j'étais alors. Nous n'avons jamais eu la moindre difficulté à nous comprendre.

James Joyce · Roger Blachon

Introduction de Stephen J. Joyce

Le chat et le diable

GALLIMARD JEUNESSE

à Stephen Joyce

Villers-sur-Mer
10 août 1936

Mon cher Stevie,

Je t'ai envoyé il y a quelques jours un petit chat rempli de bonbons, mais peut-être ne connais-tu pas l'histoire du chat de Beaugency.

Beaugency est une très petite, vieille ville
sur une rive de la Loire, le plus long fleuve
de France. C'est aussi un fleuve très large,
pour la France du moins. À Beaugency
il est si large que, si tu voulais le traverser
d'une rive à l'autre, il te faudrait faire
au moins mille pas.

Il y a très longtemps, les gens de Beaugency, quand ils voulaient franchir la Loire, devaient prendre un bateau, car il n'y avait pas de pont.
Et ils n'avaient ni les moyens d'en bâtir un eux-mêmes ni de payer quelqu'un d'autre pour le faire.
Alors comment s'en tirer ?

Le diable, qui lit toujours les journaux, entendit parler de cette triste affaire ; aussi, il s'habilla et vint rendre visite au maire de Beaugency, qui s'appelait Monsieur Alfred Byrne.

Ce maire lui aussi aimait bien s'habiller.
Il portait une robe écarlate et il avait toujours une grande chaîne d'or autour du cou même quand il dormait d'un profond sommeil dans son lit, les genoux dans sa bouche.
Le diable dit au maire ce qu'il avait lu dans le journal et lui déclara que lui, il était capable de bâtir un pont pour les gens de Beaugency et comme ça ils pourraient passer le fleuve aussi souvent qu'il leur plairait.

Il dit que ce serait le meilleur pont qui ait jamais été construit et qu'il lui suffirait d'une seule nuit pour le faire. Le maire lui demanda combien il voulait pour bâtir un tel pont.

– Pas un sou, dit le diable, tout ce que je demande c'est que la première personne qui traversera le pont m'appartienne.

– D’accord,
dit le maire.

La nuit vint, tous les gens de Beaugency allèrent se coucher et dormirent.

Le matin vint. Et quand ils mirent
la tête à la fenêtre ils s'écrièrent :
– Ô Loire, quel beau pont !

En effet, ils avaient sous les yeux
un beau, un solide pont de pierre
qui enjambait le large fleuve.

Tous les habitants se précipitèrent vers
le pont et regardèrent de l'autre côté.
Et là, à l'autre bout du pont,
se tenait le diable, il attendait
la première personne qui traverserait.
Mais personne n'osait traverser,
par peur du diable.

Alors il y eut une sonnerie de trompettes – ce qui était le signal pour inviter les gens au silence. Et le maire, Monsieur Alfred Byrne, apparut dans sa grande robe écarlate avec autour du cou sa lourde chaîne d'or. Il avait un seau d'eau à la main et sous le bras – l'autre bras – il portait un chat.
Quand il le vit, de l'autre bout du pont, le diable s'arrêta de danser et ajusta sa longue-vue.
Tous les gens se parlèrent à l'oreille et le chat leva les yeux vers le maire, car dans la ville de Beaugency il était permis à un chat de regarder un maire.
Quand il en eut assez de regarder le maire (car même un chat se lasse de regarder un maire) il commença à jouer avec la lourde chaîne d'or.

Quand le maire arriva à la tête du pont,
tous les hommes retinrent leur souffle
et toutes les femmes leur langue.
Le maire posa le chat sur le pont
et, le temps de dire ouf, plouf !
il lui vida tout le seau d'eau dessus.

Le chat qui était maintenant entre le diable et le seau d'eau prit son parti non moins promptement et traversa le pont à toutes pattes, les oreilles rabattues, et vint se jeter dans les bras du diable.

Le diable piqua une vraie colère de diable.
– *Messieurs les Balgentiens,* hurla-t-il de l'autre bout du pont, *vous n'êtes pas de belles gens du tout ! Vous n'êtes que des chats !*
Et il dit au chat :
– *Viens ici, mon petit chat ! Tu as peur mon petit chou-chat ? Tu as froid, mon pau petit chou-chat ? Viens ici, le diable t'emporte ! On va se chauffer tous les deux.**
Et hop, le voilà parti avec le chat.
Et depuis ce temps on appelle les habitants de cette ville « *les chats de Beaugency* ».
Mais le pont est toujours là et des enfants s'y promènent, à pied, à bicyclette et jouent dessus.
J'espère que cette histoire te plaira.

Nonno

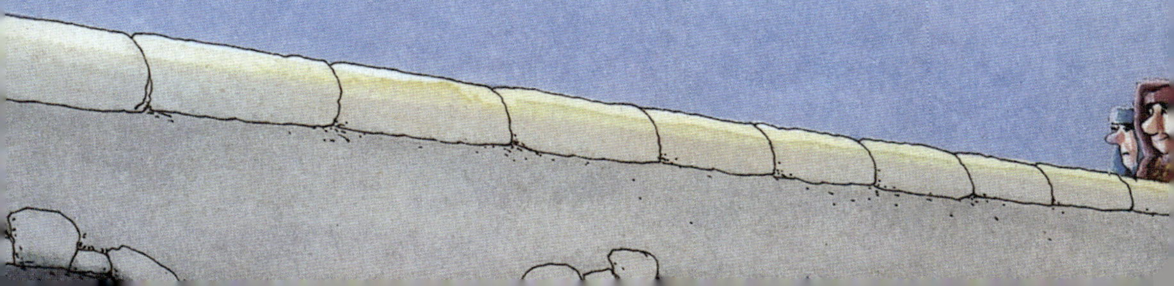

P.-S.: Le diable parle la plupart du temps une langue à lui, appelée le diababélien, qu'il invente au fur et à mesure, mais, quand il est très en colère, il peut très bien parler un assez mauvais français, quoique ceux qui l'ont entendu assurent qu'il a un fort accent de Dublin.

* Les passages en italique sont en français dans le texte original.

folio benjamin

ISBN : 978-2-07-054879-8
Titre original : *The Cat and the Devil*
Publié par Faber & Faber, New York

Numéro d'édition : 04679
Loi n° 46-956 du 16 juillet 1949
sur les publications destinées à la jeunesse
Dépôt légal : décembre 2007
Imprimé en Italie par Zanardi Group
Réalisation Octavo